서울 보통 시

글·그림 하상욱

KB192301

arte

작가 소개

작가의 말

목차

시작하기에
앞서서

의례가
있겠습니다

– 하상욱 단편 시집 '**인증샷**' 中에서 –

왜
나온거니

안
불렀는데

- 하상욱 단편 시집 '배' 中에서 -

6

타고
났나봐

자꾸
늘더라

– 하상욱 단편 시집 **'식욕'** 中에서 –

싫다
는데

자꾸
붙네

– 하상욱 단편 시집 '살' 中에서 –

널
놓치고

난
아팠다

- 하상욱 단편 시집 '**핸드폰 코에 떨굼**' 中에서 -

다시시작
하는건

처음보다
어려워

- 하상욱 단편 시집 '자다 깼는데 잠 안 옴' 中에서 -

니가
있기에

내가
힘을내

- 하상욱 단편 시집 '**대출금**' 中에서 -

마음만은 부자로 살기 싫다

마음 맞는 부자와 살고 싶다

방법이
없잖아

하라면
해야지

- 하상욱 단편 시집 '약관동의' 中에서 -

아침에 진짜 출근하기 싫을 때 하는 것

출근

다시
돌아간다면

행복
할수있을까

– 하상욱 단편 시집 **'연휴 첫 날'** 中에서 –

내건데
왜

눈치를
줘

– 하상욱 단편 시집 '**휴가 사용**' 中에서 –

하면
할수록

느는것
같아

- 하상욱 단편 시집 '**업무량**' 中에서 -

"거 봐. 하다 보면 는다니까."

안되면
일단

큰소리
쳐봐

– 하상욱 단편 시집 '**노래방 고득점**' 中에서 –

예전 꼰대: 내가 맞다고 우김
요즘 꼰대: 너가 틀렸다 우김

객관적으로 말하는데

=

내 주관에 토 달지 마

요즘은 모르는 게 죄가 아니라

알려주는 게 죄가 되는 것 같다

좌우
어느 쪽이든

각자
길이 다를뿐

– 하상욱 단편 시집 **'내리실 문'** 中에서 –

의견이 다른 건 괜찮다
예의가 없는 게 문제지

니가 낄
자리가

아닌 것
같은데

- 하상욱 단편 시집 '이 사이에 고춧가루' 中에서 -

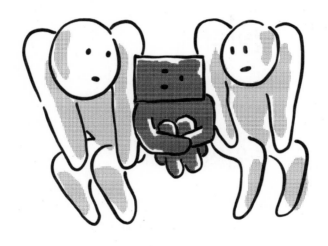

왜
길바닥에

또
누워있어

- 하상욱 단편 시집 '**공유 킥보드**' 中에서 -

나
진짜로

화
안났어

– 하상욱 단편 시집 '눈썹문신' 中에서 –

넌
역시

내
친구

- 하상욱 단편 시집 '**나도 늦어**' 中에서 -

어디냐?

넌 어딘뎈ㅋ

가까운
척하지마

그정도
아니잖아

- 하상욱 단편 시집 '**거의 다 왔어**' 中에서 -

그런 말이
어딨어

친한 친구
사이에

– 하상욱 단편 시집 '돈 좀 꿔주라' 中에서 –

이제부터
우리는

친구일까
아닐까

– 하상욱 단편 시집 '**만 나이**' 中에서 –

어제의 친구가
오늘의 형

언제한번
본다는

약속만
쌓여가네

- 하상욱 단편 시집 **'찜한 콘텐츠'** 中에서 -

가끔
세상은

너무
짜릿해

– 하상욱 단편 시집 '**정전기**' 中에서 –

니 덕분에
생겼다

머리 숙일
용기가

- 하상욱 단편 시집 '흑채' 中에서 -

준비된 자만이 기회를 잡는다

겸손하지 말고 더욱 자만하자

한마디
말로

신뢰는
깨져

– 하상욱 단편 시집 '**협찬을 받아 작성된 리뷰입니다**' 中에서 –

청소년
대상

보이스
피싱

– 하상욱 단편 시집 **'엄마한테 저금해'** 中에서 –

남의말을
어떻게

백퍼센트
믿겠어

- 하상욱 단편 시집 **'일기예보'** 中에서 -

사람을 쉽게 의심하면 안 된다

사람을 쉽게 믿어서도 안 되고

말은
많은데

핵심이
없네

- 하상욱 단편 시집 '**첨부파일 빼먹음**' 中에서 -

우리끼리
얘기를

어디까지
퍼뜨려

– 하상욱 단편 시집 **'메일 참조'** 中에서 –

사람을 믿지 않는다 하면서

사람이 내는 소문은 믿더라

헐 대박 소오문

생이
끝나서야

높이
나는구나

– 하상욱 단편 시집 **'치킨값'** 中에서 –

사람은 죽어서 이름을 남기고

닭은 죽어서 치킨값을 올린다

열심히
살다보니

조금씩
쌓여가네

– 하상욱 단편 시집 '**피로**' 中에서 –

피곤해서 자는 건데
자고나면 더 피곤해

날
놔줘

이
악마

– 하상욱 단편 시집 '이불' 中에서 –

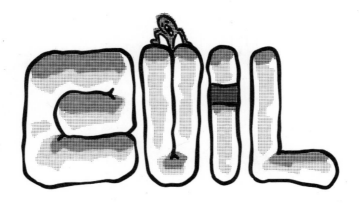

그만

설쳐

- 하상욱 단편 시집 **'밤 잠'** 中에서 -

하루라는 건 이상하다
일찍 끝내긴 아쉬운데
일찍 시작하기는 싫다

수명은 늘어가고

수면은 줄어가네

그냥
알아서

제발
꺼져라

– 하상욱 단편 시집 '불 안 끄고 침대 누움' 中에서 –

밤낮은
절대

바뀌면
안돼

– 하상욱 단편 시집 '**알람 AM/PM**' 中에서 –

시작이

밤이다

– 하상욱 단편 시집 **'시험공부'** 中에서 –

너
믿고

나
잔다

- 하상욱 단편 시집 **'미래의 나'** 中에서 -

오늘의 나는 못믿겠는데
내일의 나는 해낼것같다

내일로 미루는건 괜찮다

남일로 미루지만 않으면

시작이
늦은만큼

열심히
사는구나

- 하상욱 단편 시집 '**가을 모기**' 中에서 -

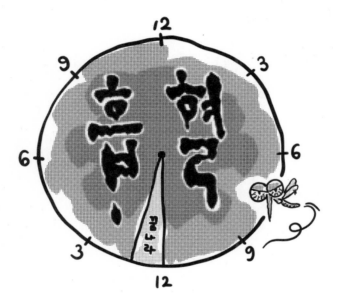

너
죽고

나
잘자

- 하상욱 단편 시집 **'새벽 모기'** 中에서 -

왜자꾸만
나를

밀어내려
하니

– 하상욱 단편 시집 '**당기시오**' 中에서 –

앉아 있는 시간이
길다고

결과가 나오는 건
아니야

– 하상욱 단편 시집 '**변비**' 中에서 –

뜨거웠던
날들을

후회하게
만들어

- 하상욱 단편 시집 '가스비' 中에서 -

어릴 땐
몰랐네

이렇게
힘든 줄

– 하상욱 단편 시집 **'계단'** 中에서 –

힘든건
이해하지만

저한테
기대진마요

- 하상욱 단편 시집 **'지하철 옆 사람'** 中에서 -

때론
천천히

가도
괜찮아

- 하상욱 단편 시집 **'마트 마감 세일'** 中에서 -

돈
쓰는 것도

참
쉽지 않네

- 하상욱 단편 시집 '키오스크' 中에서 -

역시 옷은 날개다

돈이 날아 가더라

분명
이곳에

함정이
있어

- 하상욱 단편 시집 **'전체동의'** 中에서 -

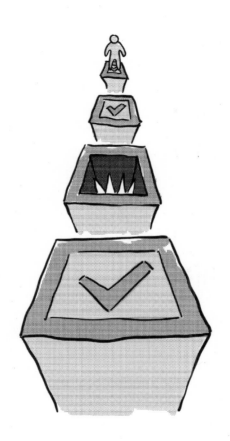

내가
준거

다시
내놔

- 하상욱 단편 시집 **'위약금'** 中에서 -

대화
한번이

쉽지가
않네

– 하상욱 단편 시집 **'상담원 연결'** 中에서 –

전화기로 거의 하지 않는 것

전화

신입생 환영회에서 거의 하지 않는 것

환영

나랑
못친해져서

다들
아쉬웠구나

- 하상욱 단편 시집 '롤링페이퍼' 中에서 -

눈처럼
하얀

니가
참좋다

- 하상욱 단편 시집 '**염화칼슘**' 中에서 -

막상
니앞에선

아무
생각조차

– 하상욱 단편 시집 **'검색창'** 中에서 –

가나다라
마바사

아아아아
아아아

– 하상욱 단편 시집 '**검색어 까먹음**' 中에서 –

제발

됐써

- 하상욱 단편 시집 '됐' 中에서 -

ㄱ

ㄴ

ㄷ

ㄹ

– 하상욱 단편 시집 **'잠금패턴'** 中에서 –

내 비밀번호는 보안이 철저해서

현재는 나조차도 모르는 상태다

생각을 잊지 않으려고

메모를 시작했는데

메모를 시작했다는 생각을

자꾸만 잊는다

덕분에
요즘

자주
걷게돼

- 하상욱 단편 시집 '**배달비**' 中에서 -

제 꿈은
돈으로

이룰 수
있어요

- 하상욱 단편 시집 **'위시리스트'** 中에서 -

만족
스럽다

지금
내모습

- 하상욱 단편 시집 **'일시불로 해주세요'** 中에서 -

나
같은건

맞아야
돼

– 하상욱 단편 시집 '**로또**' 中에서 –

돈이
실력이고

또한
재능이야

– 하상욱 단편 시집 '유료 아이템' 中에서 –

내가
배운건

세상
이었네

- 하상욱 단편 시집 '**학자금 대출**' 中에서 -

결국
누군가

많이
갖더라

- 하상욱 단편 시집 '쌍쌍바' 中에서 -

니가
필요해

내가
잘할게

– 하상욱 단편 시집 '돈' 中에서 –

116

너
무서워서

뭘
못하겠어

- 하상욱 단편 시집 **'물가'** 中에서 -

비상금이 비상금인 이유는

걸리면 비상이기 때문이지

돈을 잃으면
조금 잃는 것이요

너를 잃으면
전부 잃는 것이다

– 하상욱 단편 시집 '비싼 지갑 잃어버림' 中에서 –

높이
바라 봐

가질 수
있어

– 하상욱 단편 시집 **'여기서 좀만 더 보태면'** 中에서 –

내가 원해서
들어왔는데

빨리 여기서
나가고싶다

- 하상욱 단편 시집 '**방 탈출**' 中에서 -

1분 늦어도 지각이다

1분 더 해도 야근이고

회사를
다니니까

목표가
뚜렷해져

- 하상욱 단편 시집 **'퇴사'** 中에서 -

평생 직장은 없어졌는데
직장은 평생 있어야하네

가만있는
사람

짜증나게
하네

- 하상욱 단편 시집 '**내일 출근**' 中에서 -

서로가
웃으며

거짓을
말하네

– 하상욱 단편 시집 '좋은 아침~!' 中에서 –

샐러리맨: 돈 버느라 내 시간이 없다

프리랜서: 내 시간이 없어야 돈 번다

잘가라는
말이

가지마로
들려

– 하상욱 단편 시집 '먼저들 퇴근해' 中에서 –

가정적인 사람이 좋다

특히 가정적인 팀장님

우린
보았다

리더의
모습

- 하상욱 단편 시집 '**팀장님이 커피 쏨**' 中에서 -

위에서 하는
일이라고

무조건 참고
살기에는

– 하상욱 단편 시집 '**층간소음**' 中에서 –

당신이
밉지만

사랑이
받고파

- 하상욱 단편 시집 '사장님' 中에서 -

날
자르면

후회할
걸

– 하상욱 단편 시집 **'앞머리'** 中에서 –

끝난
마당에

말해서
뭐해

- 하상욱 단편 시집 '**퇴사 사유**' 中에서 -

사무적으로 대해야죠

사무실에서 만났는데

뭐가
그리

좋았
을까

- 하상욱 단편 시집 **'취업한 날'** 中에서 -

점점
결과에

자신이
없네

– 하상욱 단편 시집 '**건강검진**' 中에서 –

충분한 수면은 건강에 좋다
건강을 위해서 지각을 하자

내가
아픈 것보다

니가
더 걱정이야

– 하상욱 단편 시집 **'병원비'** 中에서 –

나이
드나봐

곁에
두고파

- 하상욱 단편 시집 '큰 병원' 中에서 -

너는 나를
가끔씩

없는 사람
취급해

– 하상욱 단편 시집 '자동문' 中에서 –

148

이제는
의미 없이

한켠에
남아 있네

– 하상욱 단편 시집 **'안 쓰는 앱'** 中에서 –

누굴
받아줄

여유가
없다

– 하상욱 단편 시집 '닫힘버튼' 中에서 –

나는
사람들에게

이런
모습이었나

– 하상욱 단편 시집 '**남이 찍어준 사진**' 中에서 –

내 모습은
스스로

만들어
가는 거야

- 하상욱 단편 시집 **'사진 보정'** 中에서 -

나이만 먹지 말고
영양제도 먹어야 한다

서두르지
말자

가질날이
온다

- 하상욱 단편 시집 **'노약자석'** 中에서 -

앞으로의
세상은

너희가
주인이야

– 하상욱 단편 시집 'ai' 中에서 –

"미래엔 이런 일이 가능한 세상이 올 거예요."

"에~이 말도 안 돼~"

"과거엔 이런 일이 불가능할 거라 믿었대요."

"에~이 말도 안 돼~"

기회는
한번뿐

최선을
다하자

– 하상욱 단편 시집 **'한입만'** 中에서 –

 ×1

몰라
보게

달라
졌네

- 하상욱 단편 시집 '**당선 후 정치인**' 中에서 -

정

전신성형

나만
바라보더니

내가
최고라더니

– 하상욱 단편 시집 **'기기변경'** 中에서 –

자리가
사람을

변하게
만드네

– 하상욱 단편 시집 '운전석' 中에서 –

앞서
있다고

옳은건
아냐

– 하상욱 단편 시집 '정지선 위반' 中에서 –

뒤늦게
널 보고

심장이
쿵 했다

– 하상욱 단편 시집 **'과속방지턱'** 中에서 –

니가
없을때

나는
방황해

– 하상욱 단편 시집 '**주차 자리**' 中에서 –

- 사이에 경차 있어요-

너
하나면

난
충분해

– 하상욱 단편 시집 '카드를 하나만 대주세요' 中에서 –

조금
흔들려도

믿고
꽉잡아줘

- 하상욱 단편 시집 '버스 손잡이' 中에서 -

당신인 것
같다

내가 찾던
사람

- 하상욱 단편 시집 '당근이세요?' 中에서 -

안녕하세요
안녕하세요

감사합니다
감사합니다

– 하상욱 단편 시집 '**쿨거래**' 中에서 –

만나고
싶다

따뜻한
사람

– 하상욱 단편 시집 '당근 매너온도' 中에서 –

마음맞는
사람이

한명만
있었으면

– 하상욱 단편 시집 '2인 이상 주문 가능' 中에서 –

비가
오던날

너는
떠났다

- 하상욱 단편 시집 '우산 잃어버림' 中에서 -

너에게
전부

남기고
왔네

– 하상욱 단편 시집 **'어제 멘 가방'** 中에서 –

거참
말로하지

친한
사이끼리

– 하상욱 단편 시집 '**문자로 이별통보**' 中에서 –

180

너도
싫은 일을

왜 나한테
시켜

- 하상욱 단편 시집 '꼭 너 같은 사람 만나' 中에서 -

어디
있나

나의
반쪽

- 하상욱 단편 시집 '**에어팟**' 中에서 -

좋았던
만큼

이별은
아파

– 하상욱 단편 시집 '**매운 음식**' 中에서 –

너만은
곁에

남아
주었네

- 하상욱 단편 시집 '**후회**' 中에서 -

나를
벗어나니까

너는
활기차구나

- 하상욱 단편 시집 **'샤워기 놓침'** 中에서 -

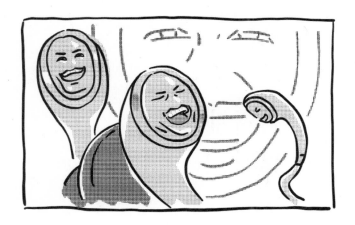

어느곳
하나

빠지지
않아

- 하상욱 단편 시집 '살' 中에서 -

누굴
위한

자유
일까

– 하상욱 단편 시집 **'프리 사이즈'** 中에서 –

제철
이라고

많이들
먹네

- 하상욱 단편 시집 '**더위**' 中에서 -

가만
있어도

땀이
흐른다

– 하상욱 단편 시집 **'플랭크'** 中에서 –

나는 이제 지쳤어요

땡볕

힘들게
달렸으니

이제는
걸어야지

– 하상욱 단편 시집 '**런닝머신 옷걸이 됨**' 中에서 –

초심을 잃고 언팔을
하시는 분들이 있다

팔로우 하던 그날의
초심은 어디로 갔나

초심은 잊어도

조심은 잊지마

당신이
뭔데

내앞을
막아

– 하상욱 단편 시집 '**영화관 앞 사람**' 中에서 –

지금
상황에

노래가
나와?

– 하상욱 단편 시집 '**영화관 벨소리**' 中에서 –

너도
있었구나

날카로운
면이

– 하상욱 단편 시집 '종이에 베임' 中에서 –

큰일도
아닌데

참기가
힘드네

– 하상욱 단편 시집 **소변** 中에서 –

하지만
참는다

지성인
이니까

#스트레스성 #피부지성

맘
같아서는 진짜

확
터뜨리고 싶다

- 하상욱 단편 시집 '뾰루지' 中에서 -

사회생활
하려면

참을줄
알아야지

- 하상욱 단편 시집 **'방귀'** 中에서 -

때론
침묵이

가장
강하지

– 하상욱 단편 시집 **'소리 없는 방귀'** 中에서 –

널 모두
피하지만

난 니가
싫지않아

- 하상욱 단편 시집 '내 방귀' 中에서 -

나에게는 관대
너에게는 안돼

용기나게
하지마

책임도
못지면서

- 하상욱 단편 시집 '술' 中에서 -

술만먹는
회식

이제
그만하죠

– 하상욱 단편 시집 '3차는 노래방' 中에서 –

너만은
나를

환히
반기네

- 하상욱 단편 시집 '센서등' 中에서 -

내
어둠은

날
닮았네

– 하상욱 단편 시집 '**그림자**' 中에서 –

단점은 숨기려 할수록 드러나고
장점은 드러내려 할수록 숨더라

또
나왔네

내
본모습

– 하상욱 단편 시집 **'뿌리염색'** 中에서 –

어디
갔을까

밝았던
모습

– 하상욱 단편 시집 '센서등 고장' 中에서 –

지나친
관심

부담
스러워

– 하상욱 단편 시집 '옷가게' 中에서 –

인스타: 자기애

카스: 우리 애

트위터: 최애

가끔
내행동에

내가
구역질나

- 하상욱 단편 시집 '혀 닦기' 中에서 -

스스로를
압박했네

견디지도
못하면서

- 하상욱 단편 시집 '**팔 저림**' 中에서 -

먹고
살려다

내몸
상했네

– 하상욱 단편 시집 '**혀 깨묾**' 中에서 –

잠시
기댈게

힘이
필요해

– 하상욱 단편 시집 **'충전거치대'** 中에서 –

날
알아주네

난
안아줬네

- 하상욱 단편 시집 '**반려동물**' 中에서 -

최고
만을

강요
하네

− 하상욱 단편 시집 '**고객 만족도**' 中에서 −

어른들
눈치를

자꾸만
보게돼

- 하상욱 단편 시집 '절 일어나는 타이밍' 中에서 -

어딨는
거야

집에
안오고

- 하상욱 단편 시집 '**배송조회**' 中에서 -

오늘
아침은

기분이
좋다

- 하상욱 단편 시집 '새벽배송' 中에서 -

다
가져가야만

속이후련했
냐

- 하상욱 단편 시집 '**곤지암HUB**' 中에서 -

답은
정해져 있어

너는
대답만 해라

– 하상욱 단편 시집 **'입시교육'** 中에서 –

애들도
다알아요

차별하지
말아요

- 하상욱 단편 시집 '촉법소년' 中에서 -

아이들을 범죄에서 지켜줬으면

처벌에서 지켜주지 말고

틀린 것을
가지고

다른 거라
하지마

– 하상욱 단편 시집 '제품이 사진과 다를 수 있습니다' 中에서 –

정답도 모르는 사람들이
채점은 그렇게도 하더라

폭발
직전인데

일단
참아본다

- 하상욱 단편 시집 '**화장실 자리 없음**' 中에서 -

246

끝이라
생각하는

그때가
시작이야

– 하상욱 단편 시집 **'최종파일'** 中에서 –

찾아야
해

나만의
것

- 하상욱 단편 시집 '**닉네임 중복**' 中에서 -

어른이
되었는데

아이가
되어가네

– 하상욱 단편 시집 '친구들 카톡 프사' 中에서 –

황혼
지고서

꽃은
피었네

- 하상욱 단편 시집 **'엄마 카톡 프사'** 中에서 -

우리들
몰래

챙겨
드시나

– 하상욱 단편 시집 '**부모님 나이**' 中에서 –

내 인생은 찾고 싶다 하면서

부모님은 참고 살길 바랐네

서울 시 1권부터 2권까지의
모든 페이지를 캡쳐해서 올리신
어느 블로거님의 반전 맺음말

"불펌금지"

꽉
닫고가지

좀
찜찜하네

- 하상욱 단편 시집 **'열린 결말'** 中에서 -

시부
록

너라면
분명

해낼수
있어

안
가면

안
되나

–   단편 시집 '   ' 中에서 –

후회할
걸

알면서
또

–   단편 시집 '   ' 中에서 –

너를
위해

준비
했다

-       단편 시집 '   ' 中에서 -

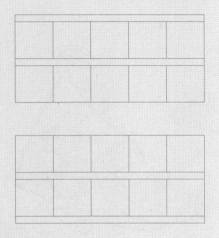

- 　　　단편 시집 '　　　　　　　' 中에서 -

서울 보통 시

1판 1쇄 발행 2024년 1월 24일
1판 2쇄 발행 2024년 8월 21일

지은이 하상욱
도운이 고한나 배상호
펴낸이 김영곤
펴낸곳 (주)북이십일 아르테

인문기획팀장 양으녕 **인문기획팀** 이지연 서진교 노재은 김주현
출판마케팅영업본부장 한충희
마케팅2팀 나은경 한경화
출판영업팀 최명열 김다운 권채영 김도연
제작팀 이영민 권경민

출판등록 2000년 5월 6일 제406-2003-061호
주소 (10881) 경기도 파주시 회동길 201(문발동)
대표전화 031-955-2100 **팩스** 031-955-2151 **이메일** book21@book21.co.kr

© 하상욱, 2024

ISBN 979-11-7117-317-4 02810

(주)북이십일 경계를 허무는 콘텐츠 리더

21세기북스 채널에서 도서 정보와 다양한 영상자료, 이벤트를 만나세요!

페이스북 facebook.com/jiinpill21   **포스트** post.naver.com/21c_editors
인스타그램 instagram.com/jiinpill21   **홈페이지** www.book21.com
유튜브 youtube.com/book21pub

당신의 일상을 빛내줄 탐나는 탐구 생활 〈**탐탐**〉
21세기북스 채널에서 취미생활자들을 위한 유익한 정보를 만나보세요!